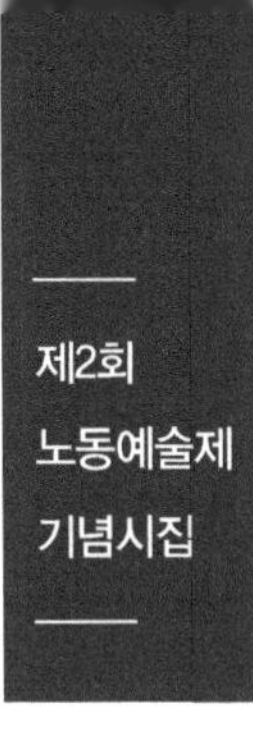

붉은 노동의 얼굴

노동문학관 엮음

동인시 15

붉은 노동의 얼굴

인쇄 · 2023년 4월 25일 | 발행 · 2023년 5월 1일

엮은이 · 노동문학관
펴낸이 · 한봉숙
펴낸곳 · 푸른사상사

주간 · 맹문재 | 편집 · 지순이 | 교정 · 김수란, 노현정
등록 · 1999년 7월 8일 제2-2876호
주소 · 경기도 파주시 회동길 337-16(서패동 470-6)
대표전화 · 031) 955-9111(2) | 팩시밀리 · 031) 955-9114
이메일 · prun21c@hanmail.net
홈페이지 · http://www.prun21c.com

ISBN 979-11-308-2031-6 03810
값 12,000원

| 책머리에 |

정부가 일주일의 노동 시간을 늘리는 제도 개편안을 발표, 추진하고 있는 상황에서 노동문학관이 제2회 노동예술제 기념 시집『붉은 노동의 얼굴』을 펴냅니다.

자본 숭상 노동 천대 정권이 노동자의 노골적인 지배자가 되어 제멋대로 휘두르는 권력으로 인해 노동자의 노동 시간과 임금, 노동 환경 등이 마구 위협받고 있습니다. 이에 44명의 시인들이 이 땅의 핍진한 노동자의 이름을 호명하여 작품에 담았습니다.

시인들이 기도하며 혀를 깨무는 심정으로 호명한 작품들은 지배자 논리로 권력 놀음에 취한 정권과 자본, 그리고 기득권의 정수리에 비수같이 파고 들어가 노동의 참된 가치와 얼을 심어줄 것입니다.

귀한 옥고를 집필, 동참해주신 시인들과 시집을 출간해주신 푸른사상사 한봉숙 대표님을 비롯한 관계자님들께 무한한 감사를 드립니다.

2023년 4월

노동문학관장 정세훈

| 차례 |

| 차례 |

붉은 노동의 얼굴

K형에게 4

— 나는 그립다

강민숙

동진강 갈대숲을 가다 보면
내 푸른 시절
잃어버린 화원이 있지
쑥 뿌리를 밟고 지나
갈대숲을 헤치고 가면
물새 알 둥지 안고 있는 화원이 있지
고부에서 불어오는 바람이
동학의 숨소리를 실어오고
장다리꽃이 무더기 무더기로 서 있을 때
형은 청진기를 벗어던지고
땀이 생명이라며
노동 현장으로 달려갔었지
K형!
아직도 형의 목소리 쟁쟁한데
지금 어디를 헤매고 있나
우리가 나란히 누워 하늘에다 그렸던
나라는 멀어서 그립기만 해
다시 그 시절로 돌아갈 수만 있다면
쑥물이 등짝에 시퍼렇게 들었던
그 풀숲 화원에서
이제라도 노동화 끈을 풀어주고 싶어

형이 못다 그린 그림
붉은 노을이 되어 타오르고 있잖아
물새 알 둥지 곁에 우리 푸른 보금자리
나는 그립다
황토로 얼룩진 운동화까지.

즐거운 멍에

강태승

쟁기질하면 금세 우들우들해지는 오장
너덜거리도록 쟁기질하고 개울에 담그면
뼈와 살이 제자리로 우드득 물리다
산나리꽃 물이 들 때는 식은 노동 할 때
외로움과 슬픔 마를 때는 시린 노동 할 때,

도로 접혀 떨어지는 해당화처럼
내 물그림자 이승과 저승 사이로 핀다
쟁기질로 뼛속에 남은 햇빛을 털고
밭둑에 걸터앉아 꽃과 소가 마주하듯이
하늘 올려다보면 밑줄 치는 그림자,

사선(四禪)도 둔각으로 허물어진다
박빙(薄氷) 세우려 상한 다리를 돋우면
신호등처럼 마중 나오는 달맞이꽃
길가에 세워두고 비탈밭 갈고 갈면
생토(生土) 냄새 가슴골에선 주검 냄새,

아무리 농사지어도 쟁기밥처럼 쌓이는
뽑고 돌아보면 또 돋아나는 잡초
죗값이라 여기면 넉넉해지는 저녁

어머니는 사람은 걱정거리 있어야
산다는 마당으로 고이는 저녁연기,

개울가에선 바쁘게 흔들리는 워낭소리
해가 다 저물었는데도 떠도는 노을
밤을 기다리지 않고 반짝이는 샛별
하늘 아래 하찮은 이름은 하나 없지만
나의 목숨은 단지 몽돌처럼 동글동글하다.

민주화운동관련자증서를 덮다

공광규

공기업에서 해직된 지 14년 만에
민주화운동관련자 명예회복 및 보상심의위원회에서
복직 권고를 받았다
대통령을 잘 뽑은 덕분이었다

복직 요청 공문을 두 차례 회사에 보내고
노동조합에 알렸는데
위원회 권고라서 안 된단다
복직 명령을 받아 오란다

마침 동기가 노조위원장이 되어
복직을 쉽게 기대했었는데
사용자 측에 복직 요구를 강력하게 하기가
동기라서 조합원들 눈치가 보여 더 어렵단다

민주당으로 출마했다가
한나라당이 집권하자 청와대 들어가려고
나한테 아는 사람 다리를 놔달라고 애쓰던
아무것도 아닌 노조위원장 놈

서류를 조작한 회사

나를 위해 증언하지 못했던 입사 동기
반노동 친자본 매국 변호사와
대법원에서 만났던 친일법관의 아들인 대법관

재심을 해야 하나 법을 또 어떻게 믿나
민주화운동관련자증서를 받은 지 다시 16년
그냥 증서를 덮는다
개돼지들아 잘 먹고 잘 살아라!

그들이 있어 우리 오늘 여기에 있다

김광렬

밥 짓는 사람은 배고픈 사람들을 위해
끊임없이 미세먼지가 부유하는 공간에서
폐를 앓거나
위협을 느끼며 밥을 짓지만
정작 그가 먹는 밥은 초라하고

집 짓는 사람은 집 없는 사람들을 위해
타워크레인에서,
절벽 같은 고층 건물에서
눈물 젖은 밥을 먹으며 화려한 집을 짓지만
그는 변두리 허름한 곳에서 살고

석탄 캐는 사람은
추위에 떨고 있는 사람들을 위해
온종일 시꺼먼 탄가루를 먹어가며
곡괭이로 뜨거운 불길을 캐지만
그 자신은 누추한 집에서 떨며 지내고

독립투사는 머나먼 땅에서
고독과 굶주림에 허덕이며
목숨 걸고 나라를 위해 싸웠지만

그의 후손들은 헐벗은 채 가난과 싸우고

시인이 쓴 시는
때로 아름다운 세상을 꿈꾸지만
그것이 어둠에 갇히는
힘겨운 족쇄가 되기도 한다

허나 그들이 있어 오늘 우리는
사방 벽으로 둘러싸인 견고한 집에서
사랑하는 사람들과
오순도순 따뜻한 밥을 지어먹고
함께 내일의 희망을 이야기하면서
한 땀 한 땀
하루를 기워나가는지 모른다
아, 그들이 있어 우리 오늘 여기에 있다

넥타이의 방식

김려원

유행하는 넥타이가 있다는 건
목과 예의에 관한 비유들이
그것 따라 바쁘다는 뜻

매일 얼굴을 바꿀 수 없으니까
지루한 묵례와 굴종을 벗을 수 없으니까
살짝 매듭을 만들고
예의를 번갈아 매는 것

당신의 예의 착용 방식은 어떠한가요
낙타가 무릎 꿇는 방식 아니면
모래바람에 지워지는 실크로드 방식인가요
은신하는 잠사(蠶絲) 혹은 시작과 끝으로 짓는
동그란 고치의 방식은 아닌가요

장롱 안에서 가끔
사각사각사각 깨어나는 흰소리
오늘은 파미르고원으로
내일은 타클라마칸으로 출장을!
어떠한 극지라도 목을 온통 죄어 매겠다는
단련된 실크의 본능으로

즐비한 빌딩이 태양을 목덜미로 넘기는 동안

잠시 풀어헤쳐둔 예의가
제각각의 무늬를 조른다
목의 매듭이 가빠진다

지워지는 이름

김 림

말끔히 치워진 자리
낙탄도 분진도 애초에 없었던 것처럼
시치미 뚝 떼고 돌아가는 컨베이어 벨트
빛 한 줄기 없는
작업장의 어두운 공포.
목을 길게 빼고 그 속을 응시하면,
성큼성큼 다가서는 위험.
벨트의 속도에 실리면 무엇이든
넙죽 받아 먹는 기계.
기계의 소음에 묻혀
토막 난 비명.

목숨이 사라지는 게
일상이 되었다.
소모품 수량을 체크하듯
목록에서 지워지는 이름들.
전철 문틈에 끼어,
캄캄한 발전소 지하에서,
버터 냄새 진동하는 빵 반죽 기계 속에서,
추락하는 공사 현장에서,
헛도는 오토바이 바퀴 밑에 깔려서,

일터는 죽음터가 되어간다.

노동이 그대로

죽음으로 직행한다.

노동자의 목숨을 갈아 넣어 달리는 폭주 열차

기관사는 만취 상태로

음주운전을 하고 있다.

터질 듯 부푼 허리 둘레를 키우며.

붉은 노동의 얼굴

김옥숙

뜨겁게 타오르는 불길 속 같은
8월의 뙤약볕 아래
택배차를 세워놓고
무거운 생수를 나르는
붉은 노동의 얼굴을 보았다
세상을 들어 올리는 사람을 보았다

생사를 가르는
뜨거운 화염 속을 헤쳐 나온 그가
따가운 시선이라는 모진 불길 속에서도
생활이라는 꺼지지 않는 불길 속에서도
붉은 화상 흉터 가득한 얼굴로
비지땀 흘리며
묵묵히 짐을 나르고 있었다

붉은 화상 흉터투성이일지라도
정직한 한 끼 밥을 위하여
식구들의 김 오르는 밥상을 위하여
의연하고 굳센 얼굴로
붉은 노동의 얼굴로
기꺼이

붉은 상처의 꽃이 된 사람

뜨거운 뙤약볕 아래
붉은 노동의 얼굴이 흘린 땀방울
무거운 세상을
번쩍 들어 올리고 있었다

대구는 전태일의 도시이다

김 완

대구는 박정희의 도시가 아니다
대구는 전두환의 도시가 아니다
대구는 전태일의 도시이다
전태일은 누구인가
슬픔과 분노의 예수
눈물과 빛의 예수를
자기 안에 하나로 구원한 영혼이다

대구 남산동에서 태어나
서울 평화시장에서 만난
전라도 소녀들에게
차비를 아껴 붕어빵을 사주다가
불꽃으로 산화한
스스로 빛이 된 눈물이다

1979년 10월의 부마민중항쟁
1980년 5월의 광주민중항쟁도
1970년 11월 불꽃이 되어
소신공양한 전태일의 눈물이
강이 되어 이 땅 여기저기 그리고
슬픔과 억압이 있는 모든 곳에서
솟구쳐 올라 펼쳐지고 부활한 것이다

돌아온 손

김용아

구미 공장에 다니던 사돈 총각
마흔 넘어 뒤늦게 결혼해서
아이도 낳았다는데
얼마 지나지 않아
프레스에 오른 손가락
네 개가 달아났다고
소식을 들은
고모 외숙모 사촌들이
5만 원 10만 원 20만 원
50만 원 100만 원
형편 되는 대로 모아서
전해주었다
마취에서 깨어난 사돈
이 손으로 어떻게 살아가나
어깨를 들썩였다는데
놓쳐버린 그 손을 대신하겠다는
다짐들이 모인 하얀 봉투도
그의 어깨에 손을 얹고
함께 울었다는데
덕분에 어쩌면 그는
좀 더 빨리

놓친 오른손을

잡게 될지도 모를 일이다

생쥐론

김윤환

의장은 개회를 선포하고 긴 인사말을 이어갔다 그들의 안건은 언제나 촉박한 언어로 잘 정돈되어 있었다 준비된 제안 설명에 준비되지 않는 질문들 갑론을박이 아니라 갑질 응답이 시간을 잡아먹을 무렵 누군가 오늘 점심 메뉴가 뭐냐고 물었다 이내 부의(附議) 안건은 원안대로 신속히 통과되었고 폐회를 선언하자 한 손에는 회의비(會議費), 한 손에는 기념 타월 하나씩 들고 식당에 모여 삼삼오오 뒷말을 반찬 삼아 밥을 먹는다 아무도 반란을 꿈꾸지 않는 평화로운 회의는 회의비가 없으면 오지 않을 것 같은 헛헛한 회의, 회의를 회의(懷疑)하기보다 자신에게 회의(懷疑)를 느끼는 순간, 기념 타월을 창밖으로 던지고 싶었다 회의와 회의 사이에는 언제나 무인도같이 조용한 회원들이 있었다 마치 40년 전 군대 1종 창고 천장에는 계급장을 단 생쥐들이 있었던 것처럼, 그 생쥐들을 모른 척했던 고양이들처럼

너도 C급 전범(戰犯)이다

김이하

이 시대 노동자는
날마다 날벼락을 맞아 쓰레기처럼 으깨지거나
쇳물에 녹아 개처럼 죽는데,
못 배워 문맹에 치여 죽는 일보다도
노동자라는 야만의 굴레에 끼여
꼼짝없이 삶을 도륙당하고 목숨을 빼앗기는데,
권력의 스피커는 이 전쟁을 뭐라 하는가
전운(戰雲) 같은 답답한 느낌 드리운 하늘
그러나 환장하게 맑은 세상에서
불안을 가린 나무 그늘서도
혹은 80평짜리 바벨의 시멘트 동굴에서도
권력은 야릇한 신음에 취하거나
노동자가 스러지는 지옥의 비명까지 즐거워하는데,
아무나 소비하지 못하는 행복도
권력의 개라면 누릴 수 있을 거라고
노동 라벨을 떼고 그들 곁에 조심스레 앉은 너,
언제나 불면에 몸 뒤척이는 너,
더욱 가난한 자를 억누르고 몰살하는 노동은
하루하루 빼근한 고통만 자리를 넓혀갈 뿐
밤길에도 조심스레 어둠 쪽으로 몸을 붙이고
눈을 희번덕이며 심장을 옥죄는 노동을

감내해야만 하는 그 전운이 걷힌다 해도
끝내 전장에 남고야 말 죄는 네가 져야 할 몫
아무래도 C급 전범을 면할 수 없는 너,
권력과 또 다른 개의 아가리에 찢기지 않으려면
스스로 굴종할 수밖에 없는 세상이라지만
법 조문을 피해 사라지는 권력의 실황은
끔찍한 질곡에서 헤어나지 못하는
버림받은 생을 짓누르는 거대한 절망인데,
너는 무엇인가, 늑대의 마음과 양의 얼굴을 한 너는
개의 굴레인가, 악의 연대인가, 비굴한 전범인가

망각을 위한 기억

김정원

"교사도 학생도 지금 행복하자. 오늘 행복을 내일로 유보하지 말자."라는 좌우명으로
나는 스물아홉 총각 때, 대안학교 교사가 되었다

내 깜냥에는 제법 학생들을 사랑하고 새로운 교육을 선도하면서, 인기 있는 고3 담임교사 노릇 할 적에
세 번이나 교실 청소를 안 하고 도망간 학생이 있었다

어느 금요일 점심때 교무실로 그를 불러 그 까닭을 묻고
잘못한 대가라고 냉정하게
표정 관리하고 미움의 무게 실어 회초리로 종아리를 세게 때렸다

그날 저녁 우울하게 퇴근해서
'이 세상에 맞을 만한 사람이 있을까, 무엇이 맞을 짓일까, 그 기준은 무엇이고 누가 정할까?' 하고
나에게 곰곰이 캐묻다가
초등학교 4학년 때 쓴 누런 일기장을 무심코 펼쳐보았다

"나는 아이를 때리는 선생님이 가장 싫다."

이 부끄럽고 참담한 마음이여!

이 비루하고 모순된 인생이여!

그가 오늘 일을 망각하기 전에,

말끔히 망각하여, 내가 용서받을 기회마저 증발하기 전에

내 마음대로 사과하기 위해서가 아니라 무조건 머리 숙여 용서를 빌고

이 같은 일이, 아픈 역사가 반복되지 않게 기억하려고

그래서, 참으로 마음 편하게 잊으려고

곧장

그의 집으로 달려갔다

분노는 불꽃보다 뜨겁다

— 윤창열 노동열사를 위하여

김채운

한세상 땀에 전 살갗들 벌겋게 타들어갑니다,
한평생 눈물 배인 내장들 하릴없이 녹아내립니다,
온 몸뚱이 뼈마디 부서지고 으스러집니다,

허기진 이웃들 위해 주머니 털어 컵라면을 사주며
틈틈이 몇 푼이라도 용돈을 찔러주던 그였는데,
잘나고 못난 것 구별 없이
가진 자 못 가진 자 차별 없이
그저 다 함께 인간답게 살기를 원했을 뿐인데

"장애인의 생계를 보장하라!
장애인도 노점상도 인간이다.
이 땅에서 행복하게 살 권리가 있다!"

성치 못한 다리와 반쯤 마비된 양손, 어눌한 목소리로
놓을 수 없는 목숨 줄 같은 좌판 끌어안고 울부짖던 그,
냉혹한 공권력에 처참히 부서지고 맥없이 무너져 내렸나요?
살아 견뎌낼 치욕은 죽음의 고통보다 더 가혹하였나요?
캄캄한 나날을 살아도 산목숨이 아니었던가요?

치미는 분노는 이글대는 불꽃보다 더 뜨거웠던가요?

이 땅의 노점상들과 장애인들의 생존권 보장을 위해

스스로 희생제물이 되신 이여!

부당한 노동 현실에 맞선 투쟁과 연대는 우리의 사명임을

참혹하고 거룩한 당신의 번제와 더불어 항상 기억하겠습니다

봄 햇살에 끌려가다

김흥기

대한민국 따뜻한
춘삼월 아침 햇살 받으며,
선진국 아기를 태운
유모차 두 대.

아시아계 후진국 아주머니
두 분이 가파른 이태원
골목길 위로 환하게 웃으며,
끌려가고 있다.

어느 봄날의
노동.

이름

김희정

나에겐 이름이 많다
세상에 태어나
부모님이 가장 먼저 불러주신 이름
김 · 용 · 균
편의점에서는 알바
대기업에서 부르면 파견
똑같은 일을 하는데 비정규직
청바지도 입지 않았는데 블루칼라
내가 꿈꾸었던 이름은
사장님도, 대표님도, 화이트칼라도 아니다
할아버지, 할머니 이름이었다
아버지, 엄마 이름이었다
그 이름 속에는
안전이 살고 있다
저녁이면
집으로 돌아가는 길이 있다
노동이 생존이 아니라
생활이 되어야 한다는 이름은
꿈도 꾸지 않았다
저녁이 있는 삶의 이름
말한 적 있었던가

금토일(金土日)은 쉬어야 한다는
어느 시인의 아들 이름은
잊은 지 오래다
내가 원하는 이름은
사람이 하는 노동, 사람이 있어야 할 공간
사람이라는 단 하나의 이름이다

노동자 시인

— 김해화에게

나종영

고층 아파트 공사 현장 노을이 깔리는 저물 무렵
안전모도 쓰지 않은 사내 하나
어깨에 철근을 멘 채 서녘 하늘에 걸려 있다

절룩거리는 긴 그림자를 늘어뜨리고
은행나무 가지에 흔들리는 도롱이처럼 불안하게
하루를 마친 사내,
피곤에 지친 몸을 가까스로 세우고
한 뜸 한 뜸 수를 뜨듯 시를 쓰고 있다

물에 젖은 솜처럼 무거운 육신 위에
불꽃처럼 뜨거운 피가 솟구쳐
아름다운 시 한 줌으로 남을 수 있을까

몇몇이 남아 있다 떠나버린 함바집 희미한 불빛 아래
빈 소주잔에 홀로 술을 따르는,
한쪽 어깨가 기운 너의 뒷등에 첫눈이 내리고
나는 너의 시집 원고를 읽으며 미어지는 가슴 위로
하얀 미영꽃 같은 길이 떠올라 눈물로 밤을 새웠다.

오환섭

맹문재

영농 후계자 자금 200만 원 받은 그는
한우 9마리 사들여
이태 만에 29마리로 늘렸네

밀린 사료 값 갚으려고
큰 소 팔아
중간 소 키웠네

중간 소 팔아
송아지 키웠네

송아지 팔아
농협 빚 420만 원 키웠네

* 오환섭(1958~1986) : 충남 아산에서 축산 일함.

채광석

박관서

당신이 가고 나서 비루해졌다

민중문학에서 민중이 슬슬 지워졌고
노동문학을 하던 이들이 교수가 되거나

평론가가 되어 노동문학을 더 지독하게
눈을 깔고 내려보다가 밀쳐두었다

사라진 건 없는데 사라진 민족문학은
한국문학이 되었다 이미 말로 일국을 이룬

통일문학이야 진즉에 사라져
세계문학이 되었다 국경 없는 욕망이 되어

일 년이면 팔백여 명이 죽어나가는
노동의 검은 눈빛 위에 오방색 감탕

신선로가 되었다 뜨겁지 않게 뜨거운
문학의 언어를 말아 삼키다가 간신히

당신을 보았다 새파란 불꽃이었다

용균아 용균아

박미경

용균아 용균아

광화문 네거리 태극기 부대와 귀신 잡는다는 군인 출신 선글라스 할아버지들과 털모자 할머니들이 한 시위를 하고 계시는 흘러간 유행가가 나름 질서정연하게 유출되고 있는 현장에서 한없이 쓸쓸한 너를 만났다 비는 내리는데 우산이 없는 나는 비를 조금 맞고 너를 보았다 그리 사진이 없었는지 아니면 일부러 그런 건지 헬멧을 쓰고 얼굴을 마스크로 반을 가리고 안경을 쓴 너의 얼굴은 내가 가르치던 학생들 얼굴들처럼 영찬이, 성호, 민우, 성진이 같은 흔한 이름과 얼굴이었다. 자본의 흐름이 인내와 마음과는 무관하게 흘러가는 컨베이어 벨트 속으로 순식간에 빨려 들어갈 때 너는 무슨 생각을 했을까? 나는 안다. 사고 직전에 사람은 생각이란 걸 한다는 걸. 갤로퍼 뒤 범퍼가 유리창 앞으로 들어올 때 난 생각했지. 이렇게 죽기는 억울해. 억울하다고. 난 아직 할 일도 많고 할 말도 많다고. 난 아직 젊은데. 내가 왜? 이 배를 타가지고. 절규하면서 세월 속으로 무참하게 흘러가버린 한 젊은이의 목소리가 휘몰아치는 순간이었어. 용균아. 용균아. 내 동생 같은. 내 아들 같은 나의 출석 학생 같은 용균아. 너의 선배로서 너의 엄마

로서 너의 이모로서 참 할 말이 없다

부디 용서하지 마라. 용서하지 마라.

구로애경역사를 지나며

박설희

아버지의 자랑은 영동대교
마지막 작품은 구로애경역사
"내가 그것들을 지었다"고 말할 때
그의 얼굴은 빛났다

다리와 역사와 빌딩들은 자라
열 살, 스무 살, 서른 살
할 일은 끝났다고
이제 그만 집에서 쉬라고
등짐 지고 오르내린 시간이 얼마인데
내일부터 나오지 말라 했다고 담담히 전할 때

몸은 수척했다
숨어 있던 이목구비가 드러났다

평생 받아본 적 없는 긴 휴가
도토리를 줍는다, 꽃을 꺾는다,
아버지는 분주했다 소년처럼
점점 작아져갔다
그리고 돌아갔다

오늘도
63빌딩, 올림픽대로가 자랑인
박씨 김씨 이씨로 불리는 이들
불콰한 한 잔에 허물어지듯 몸을 부리는

구로애경역사를 지나며
당신이 할 일은 끝났다는 환청을 듣는다
아버지의 마지막 작품을 되돌아본다

폭설

박이정

희망이라는 환영(幻影)에 홀려
불시착한 유배지
컨베이어 벨트 위에서
내가 나를 닦고 조이고
기름칠한다

주문으로 꽉 들어찬 머릿속
리모컨을 눌렀다 뗄 때마다
골수까지 차례차례 내 몸의 흙 물 불 바람을
프레스로 짜내다
컨베이어 벨트에 목이 끼여 사망
프레스에 몸이 눌려 사망
유압기 수리 중 기계에 끼여 사망
추락 방지용 벨트에 감겨 사망
컨베이어 롤러 교체 중 철강 6.3톤 코일 사이에 끼어 사망

난폭한 근무 중
주술에 홀린 듯 기계와 하나 되어
노동을 불사르다
용도 폐기 기계로 분류된 동료들은
햇살 고문을 당하다

살점이 녹아내린 눈사람

한 숨 한 숨 꺼져가는
죽음의 현장
내 몸에서 빠져나가던 흙 물 불 바람이
폭설을 뚫고 나와
아무도 밟고 지나간 흔적 없는 눈 위에서
살 길을 더듬고 있다

굴뚝새

봉윤숙

굴뚝을 생각하면 연기를 올리지 못하는 저녁과 배고픈 지붕 밑이 떠오르지. 또 굴뚝이란, 푸른 나무들에게 무서운 존재지만 자본의 트림 같은 저 굴뚝에 올라 착취의 배설 같은 흰 연기를 바라보지. 지나가는 사람들은 굴뚝엔 관심이 없고 오로지 자본의 연기만 꾸역꾸역 뿜어져 나오기를 기대하지. 바람이 사람을 비켜 지나고 사람이 바람인 양 소용돌이치지. 몸뚱이 하나가 공구이고 전 재산인 노동자, 민둥산에 흔들리는 억새처럼 갈수록 뾰족해지고 까칠까칠해지지. 회오리 같은 비상계단을 두르고 일광욕을 하다가도 비에 흠뻑 젖기도 하지. 그곳에 아찔한 사람이 있다고 물이 올라가고 배설물이 내려오고 스스로 유폐된 유배지 같은 한 마리 굴뚝새 같은 사람이 있지

계절이 지나고 열매가 영글지. 하늘은 얕고 구름은 생기발랄하지. 나는 당신을 아는데 당신은 나를 몰라서 때때로 어지럽지. 주말의 명화처럼 되풀이되는 일상이지만 결말은 있지. 변덕스런 세상으로 낯설고 무례한 고통이 흐르고 통증은 심해지고 감각은 흐릿해지지. 그날이 그날인 눈빛이 흩어지지.

땅에는 불안한 발자국들이 여전히 그림자를 남기지. 비

둘기는 주저앉아 모이를 쪼아대고 뒷걸음치던 저녁이 불쑥 울음을 터트리지 하늘은 하늘대로 땅은 땅대로 움직임은 동일하지. 굴뚝이 없는 시대에 굴뚝을 대변하는 저들은 굴뚝 같은 노동자들, 오늘도 낮은 곳의 밥이 밧줄에 매달려 올라가고 있지

1980년 사북 광부들 이야기

성희직

착취를 당하면서도 울분이 없다면
군홧발에 짓밟히면서도 분노가 없다면
악랄한 국가 폭력에도 저항할 줄 모른다면
결코, 문명사회 사람이라 할 수 없다
민중이 봉기할 땐 반드시 원인과 이유가 있는 법

광산노동조합의 42.75% 임금 인상 결의안을
20%에 몰래 합의해버린 동원탄좌 지부장
따지려 몰려간 광부들을 가로막은 경찰들

광부들을 '지프'로 깔아뭉개고 도주해버린
처참한 광경 야만의 공권력을 눈앞에서 지켜본
광부들의 피가 끓은 것은 인지상정 정당방위였다

발 달린 소문은 우물방송으로 사택마다 퍼져
노동조합 앞으로 몰려간 광부들의 성난 몸짓은
오랜 세월 착취와 억압에 응어리진 민심이었다

달아난 지부장 대신 잡혀온 부인에게
군중심리에 몇몇이 저지른 폭행을 꼬투리 잡아

동원탄좌 광부들 피눈물의 세월 덮어버린 왜곡 보도

신군부의 눈치 보다 사흘 만에 쏟아낸 신문 제목은
'광부 3500여 명 집단 난동' '무법 휩쓴 공포의 탄광촌'
등등
사건의 발단엔 눈을 감고 비틀고 왜곡한 사북의 역사

"경찰은 사태 수습에 절대 실력 행사를 않는다" 등
11개항 합의서에 잉크도 마르기 전 마구잡이 연행
'주동자' '선동자' '행동대원' 이란 꼬리표를 붙이고는
군홧발로 각목으로 고무호스로 북어 다루듯 패고
고춧가루 물고문, 거꾸로 매달기, 멋대로 성폭행까지

안경 다리 투석전 경찰 피해에 대한 보복인지
없는 죄 만들려고 생사람 잡는 모진 고문과 폭력에
칸막이 취조실마다 터져 나오던 끔찍했던 비명
무지막지한 국가 폭력에 만신창이가 된 광부들
새댁인 부녀자들은 야만의 성폭력에 치를 떨었다

동학농민운동 주도한 전봉준을 폭도라 가르치는가?

억압과 착취에 봉기하고 불의한 권력에 맞선
민중의 원초적 본능을 우린 혁명이라 배웠는데
1980년 4월, 사북 광부들 투쟁사는 그럼 무엇인가?
오랜 세월 응어리진 피눈물은 누가 닦아줄 것인가?

하인 변증법

유국환

하인처럼 일하는 나에게도 하인이 있다.
나는 이름도 얼굴도 모르는 그에게 명령을 내린다.

–부재 시 문 앞에

어느 이른 새벽
그의 젖은 등에 신분증이 배어났다.

이름 : 택배 기사(騎士)
소속 : 오늘을 팔아 내일을 사는 기사단(騎士團)

누군가의 주인이면서 누군가의 하인이며
누군가의 하인이면서 누군가의 주인이 되는 변증법
하인의 변증법에 따르면
그는 또 누군가의 주인일 것이다.

그러나
그와 나는 오롯한 주인을 부릴 수는 없다.
품삯으로 이어지는 견고한 뫼비우스띠
그분은 띠를 꼬고 있을 뿐이다.

아들의 생일날

나의 품삯으로 또 그에게 명령한다.

ㅡ건미역 한 봉지 B^{+++} 한우 반 근
부재 시 문 앞에

노래하는 노치원

유순예

예 어르신, 부르셨어요?

나 어디로 가?

어디로 갈까요, 어르신

집으로!

집에 가면 누가 있어요?

우리 엄마!

엄마는 몇 살 잡수셨어요?

아흔다섯 살!

어르신이 아흔다섯 살인데요?

(……)

묵묵부답이신

어르신이랑 함께 노래해요

'영감아 땡감아 죽지를 마라

봄보리 개떡에 꿀 발라줄게'

어르신도 같이 불러볼까요?

봄보리 개떡에, 봄보리 개떡에

(……)

꿀 발라줄까요 똥 발라줄까요?

꿀 발라! 아니 똥 발라! 아니 침 발라!

꿀 발랐다 똥 발랐다 침 발랐다

변덕이 죽 끓여 먹는 듯한

노랫소리가 입원실 복도를 뛰어다니는

여기는 요양원도 유치원도 아닌

노래하는 노치원이에요

화장실 가다 넘어져서 골절로 입원했단 말은 쉬쉬하고

그 요양원에서 치료비를 부담하든 안 하든 쉬쉬하고

어디로 가는지 되묻지 마시고

어르신 가고 싶은 데로 가세요

노래하는 노치원은

어르신이 못다 한 후렴도 노래할게요

향우사업소 김 여사

유 종

이것저것 안 해본 일 없지만 딱히 잘하는 일도 없어 못하는
일도 없어
손맛 좋다는 말에 백반집 차렸다가 털어먹고 입맛도 살맛도
잊어버려 세상살이 흐지부지할 때 딱 일 년만 해보라는
친구 말에 기차 쓸고 닦는 향우사업소 들어왔는데
한 일 년 해볼까 하다가 애들은 커가지
서방은 골골하지 밖에 나가봐야 거기서 거기
몇 년 더 버텨 옛날 식당 했던 손맛으로 작은
분식집이라도 차릴까 하다가 잘못하면 입맛도 세상 살맛도
영영 버릴 것 같고
애들 취직하면 그만둬야지 하다가
골골하던 서방 죽고 애들은 벌써 시집 장가들어 손자도
봤으니 쉬어야지 하다가
혼자 집에 들앉아봤자 속만 허전할 것 같고
삭신도 예전만 못해 어깻죽지에 파스 떨어질 날 없어
올까지 하고 그만둬야지 하다가
늘그막에 밖에 나가면 누가 받아주나

손자들 용돈벌이라도 해야지

그러다 보니 이십 년
생전에 기차 청소할지 몰랐네
차 쓸고 닦는 일로 늙어버릴 줄 몰랐어
남 발자국 손자국만 닦을 줄 알았지
원수 같은 서방 밥숟가락이라도 들 때 손 한 번
닦아줄 것인데
이왕 갈 것 깨끗하게 해서 보낼 것인데……
그래도 손자 하얀 손 쳐다보면 이뻐 죽것어
꺼칠한 내 손가락 잡고 꼼지락거리는 것 보면 이뻐 죽것
어

나사못

윤기묵

청소를 하다 나사못 하나를 주웠다

어디서 빠진 걸까
발견한 곳 주변을 둘러보았다
긴 탁자와 의자 몇 개 그리고 책장
나사못 생김새를 보니
목재에 사용하는 못임에 틀림없었다
탁자 밑을 살피고 의자를 뒤집고
책장의 책들을 들추다 생각했다

못 하나 없이 가구를 짜는 장인에겐
맞춤이라는 솜씨가 있다
오차의 한계를 허용한 공차를 다루는 솜씨이다
공차 없이 팽팽하게 조여 있는 것들은
풀리거나 빠지면 반드시 무너진다
공조니 연대 따위도 다르지 않을 것이다
결코 우리만 꽉 끼여 사는 것이 아닐 것이다

나사못을 미련 없이 쓰레기통에 버렸다

오늘도 무사히 퇴근하고 싶다

윤석홍

흰 국화꽃 위에 뒤집어진 안전모
익명의 성씨 나이 사고유형 묘비명으로
가득한 기사가 없는 신문을 보았다

떨어짐, 끼임, 깔림, 뒤집힘, 부딪힘
이름 뒤에 어떻게 죽었는지 알려주는
활자가 침묵의 눈길을 건네고 있다

돌아오지 못한 한 명 한 명의
이름과 기호 뒤에 숨어 있는 것은
고용주와 업체 자본의 이름이다

공포와 두려움이 순식간에
밀려와 우리를 두렵게 한 것은
빼곡한 활자 뒤 멀리 숨어 있다

세상이란 그 속에 살아가는
사람이 있을 때 존재한다면
오늘도 세상이 세 번 사라졌다

노동자의 생존을 걱정하지 않아도

일하는 사람의 안전과 안녕을 생각하는
작업 현장은 멀고먼 우리의 미래일까

매일매일 살아 돌아갈 수 있도록
오늘도 무사히 퇴근하고 싶다고
손 모아 간절히 기도하고 기도해야지

그녀는 결국 파이팅할 수 없었다

이문복

국내 최대 제빵 기업 SPC 계열사
SPL 평택공장에서 일하던 그녀가
연인과 주고받은 카카오톡 메시지는
23세 여성 노동자의 꽃다운 목숨을 앗아간
살인적인 작업 환경을 아프게 증언하고 있다.

—오늘 무슨 일 있었어?—
—일 나 혼자 다 하는 거 들킬까 봐, 오빠 야간 오지 말라고 했다.—
—남은 시간 파이팅하자.—
—졸려 죽어. 내일 거 데리야키 치킨 500봉을 깔 예정. 난 이제 죽었다.
이렇게 해도 내일 300봉은 더 까야 하는 게 서럽다.—
—속상해. 한 명 더 붙여달라고 그래.—

2인 1조 작업은 끝내 시행되지 않았고
그녀는 결국 파이팅할 수 없었다.
2022년 10월 15일 새벽, 홀로 작업하던 그녀는
샌드위치 소스 배합기에 끼여 목숨을 잃었다.
덮개도 안전장치도 없는 15년 된 낡은 기계는

그녀의 앞치마를, 상반신을, 무자비하게 빨아들였다.

사고 다음 날 SPC그룹은
런던에 파리바게트 매장을 열었다고
영국 시장 진출을 자랑했으며
그녀의 시신을 수습하고 지켜본 동료들은
다음 날 바로 작업 현장에 투입되었다.
흰 천으로 가려진 사고 현장 옆에서
그녀의 동료들은 작업을 계속해야 했다.

달빛 야근

이애리

밥 한 그릇 벌기 위해
적막한 어둠을 받아들이며 야근한다

자리 보존하기 위해서라면
없는 일도 만들어 실적 쌓기에 급급해했고
목에 방울 달고 딸랑딸랑 구미에 맞는 말로
충성하느라 애쓴다

숨길 게 많아서
야옹 하며 손바닥으로 하늘 가리고
이도 저도 아닌 사무실 장막을 온몸에 두르고
난 그런 거 몰라요, 몰라요를 외치는 밤
대책 없이 달이 환해서 슬픈

김밥 한 줄에 몸을 맡기고 야근하는데
꾸역꾸역 오늘 하루도 잘 참았다고
기특해하며 나를 무너뜨리는 밤
정작 달빛만 아니라고 도리질한다

나의 사랑법

이은래

기다리는 소식은 오지 않고
통장에서 줄줄이 빠져나가는 숫자들이
목을 조르고 있다

줄어드는 숫자만큼
사람도 자꾸 작아지나 보다
말도 안 되는 작은 일로
아내와 대판 싸우고 나온 길

안양천 다리 밑에서
누가 색소폰을 연주하고 있다
그 앞에 참새처럼 앉아 있는 몇 사람
예전엔 휴식으로 보이던 풍경이
이제는 팔리지 않은 상품으로 보인다

도둑처럼 들이닥친 시간 앞에서
위로 따위에 귀를 적시고 있지는 않으리
다시 땀 젖은 밥으로 저녁을 차리리라

아이들이 밥그릇 비우는 모습
곁눈질로 지켜보다가

밥 더 먹어라
짐짓 무심한 체 말하리라

토탄

이인호

숲에 들어가 숲에 익숙해지기까지 십 분
우리에게 주어진 시간은
나무가 석탄이 될 때까지 그 십 분

일찌감치 잘린 등걸은 이후의 모습
그건 내가 생각한 십 분

가난한 배낭처럼 웅크리고 앉아
포장도 뜯지 못한 채 남겨진 시간
누구도 일어서 뉘우칠 죄 없는
그가 사라졌을 뿐이다

우리는 그저 나무처럼 가만히 있었고
우리는 그저 나무처럼 잘려나갔다

그건 이상한 일이었는데
나는 쓸모가 없어진 은사시나무처럼
너는 하고 싶은 게 없는 저수지처럼
겨우 줄어들거나 자주 말라갔다

이 모든 게 십 분이 안 되어 벌어졌고

우리가 석탄으로 굳어지기 전의 일이었다

뜨거워져도 타지 못하는 나무 한 그루

우리는 묻혔고
기억은 십 분이면 족했다

밥값

이정록

할아버지는 농부시다.
쌀값 투쟁하러 올라오셨다.

공기가 무료라고
공깃밥까지 무료냐?
밥값이 공짜니까 밥값도 못 하며 사는 거야!
화를 내며 식당에서 나가버리셨다.
공깃밥 무료인 식당은 모조리 고발해야 해!

공짜라서 쌀 소비가 늘 것 아니에요.
아빠가 작게 말대꾸했다가,
떨어진 쌀값 투쟁!
퇴출 대상자 1호가 됐다.

우리들의 대화법

임 윤

판자촌 자작나무에 앉아 있던 까마귀들이 추적거리는 비도 아랑곳없이 저공비행을 한다. 처마 아래 미장 작업 중인 북한 노동자들, 말을 걸어도 모른 척 돌리는 시선.
나는 더러 남조선 새끼라 불리는 이방인이던가, 현장 소장격인 고려인 최씨만 통한다.
쓰레기통 뒤지던 까마귀 몇 마리 러시안룰렛 하듯 번갈아 부리 쳐들고 노려본다.

커피포트가 자글자글 가쁜 숨을 뿜을 때 공구를 빌리러 온 낯익은 얼굴, 평양 태생인 박씨의 사투리가 문을 두드린다.
월급 삼십 달러, 아껴 모으면 가족들이 몇 년은 먹고 산단다. 가끔 탈출을 시도하는 시베리아 벌목꾼보단 사할린에 온 것이 다행이란다.
"통일이래 금방 되갔시요?"
먹먹한 눈길 피해 바라본 창밖, 자작나무 숲에서 까마귀가 날아오른다.
까마귀도 고향 까마귀라 했던가 코르샤코프항 남쪽으로 날아가는 까마귀들이 낯설지 않다.
끓는 물 붓고 오 분 후 먹으면 된다고 내민 컵라면
"일 없습네다 마거딘 가면 국수래 많이 있디요"

아직 라면 없는 곳이 너무나 많은 조선 팔도, 처음 봄 직한 컵라면을 한사코 사양한다.

줄기차던 빗속에서 서쪽 하늘이 내민 말간 얼굴.

연어 찌꺼기 노리는 고양이가 등 세워 빗물을 털고 덩달아 까마귀들이 발톱 세우고 부리 들이대며 야단법석이다.

공장 바닥에 배달 온 밥을 먹는 박씨 일행, 커다란 양푼에 야채를 썰어 넣고 소금 간 맞춘 푸성귀 냉국을 둘러앉았다. 최씨 편으로 김치와 멸치볶음을 보냈다.

"남조선 동무래 주는 건 안 먹갔시요"

뚜껑도 열지 않고 되돌아온 밑반찬

"최형이 주는 거라 하세요"

건너편 스팀 공장에서 뿜어대는 수증기, 바람에 날려 드는 생의 후각인가 낮은 자세로 바닥을 킁킁대며 사라진다.

먹구름의 기세에 밀린 까마귀들이 미동도 하지 않는 오후, 사무실 문을 머뭇머뭇 두드린 박씨.

"찬새래 잘 먹았시요"

씩 웃으며 내려놓은 반찬통엔 거친 억양의 평안도 사투리가 꾹꾹 눌려 담겼다.

돌아서는 등짝에 후두둑 떨어지는 장대비, 호들갑 떠는

까마귀 울음에 멀대같이 웃자란 풀들이 휘청거린다.

사할린시가 발칵 뒤집혔다. 박씨 일행 중 누군가 탈출했다는 소문이 돌았다.

샛강 거스르는 연어처럼 차디찬 자작나무 숲 헤매고 있는 이 누구인가. 그물을 놓고 연어를 기다리는 이 누구인가.

숲에서 날아오른 까마귀가 연어 떼 같다. 빗물을 견디다 못해 처진 어깨 늘어뜨린 나뭇잎들.

마감하지 못한 처마를 타고 내린 빗물은 얼룩만 남기고 평안도 사투리 쟁쟁하던 복도엔 퀭한 공기가 떠다닌다.

남아 있던 이들은 소환되어 더 이상 소식 알 수 없는, 그렇게 말문 튼 이국의 여름이 지리멸렬 지나가고 있었다.

너덜너덜 걸레처럼 찢긴 노동이

정세훈

반백 년도 더 지난 1971년 겨울이었네
내 나이 열일곱 살이던 때이었네
에나멜동선 제조 소규모 영세공장에서
12시간 맞교대 야간작업할 때이었네
새벽녘 졸음을 쫓느라 작업 현장에 틀어놓은
라디오 카세트의 볼륨을 한껏 높였네
'고오향이이 그으리워어도 모오옷 가아는 시이인세!'
카세트 녹음테이프에서 흘러나오는
흘러간 유행가를 따라 부르며
몰려오는 잠과 싸우던 순간이었네
으아악!
신선반에서 단말마의 비명이
시끄러운 기계 소음 속을 뚫고 흘러간 유행가 소리를 뚫고
내가 일하고 있는 도장반까지 들려왔네
화들짝 신선반으로 달려갔네 아아!
눈앞에 벌어진 광경과 마주한 내 몸이 그 자리에 얼어붙었네
1백 마력 모터에 연결된 안전장치 없는 신선기계
동선을 감는 여섯 개의 굵고 기다란 쇠꼬챙이 샤프트에
신선 작업하던 동료가 열일곱 살 동갑내기 동료가
동선과 함께 휘말려 있었네

작업복 깃이 샤프트에 말린 게 화근이었네
상황은 참혹하고 처참했네
아무렇게나 동선에 칭칭 감기고 샤프트에 꺾이고 찔린 몸
하얀 회칠을 한 공장 벽에 사정없이 검붉은 피를 뿌렸네
너덜너덜 걸레처럼 찢긴 살점 이 땅의 비천한 노동이
작업복 밖으로 삐져나왔네 주루룩 내장이 흘러나왔네
사고를 당한 동료는 그 자리에서 즉사했네
다른 기계에서 작업하던 신선반 동료가 비명을 듣고 달려가
기계 스위치를 화급히 껐지만 때는 늦었네
기계에 손과 팔이 잘리고 전기에 감전되어 불구가 되는
이런저런 사고를 자주 보았지만
그 자리에서 즉사한 사고는 처음 보았네
슬픔이 치밀어 올랐네 분노가 치밀어 올랐네
슬픔과 분노가 너무 커서
반백 년이 지난 지금도 내 나이 일흔 가까이 된 지금도
기억을 어루만지면 목이 메이네
1971년 그때나, 2023년 지금이나,

하염없이 눈물은 쏟아지는데
도무지 울음소리가 나오지 않네

이제, '근로'는 개나 줘라

정소슬

노동은 없고 근로만이 존재하는 나라
이 나라 법전에는 노동이란 단어는 없고 근로란 말만 그 자리 대신하고 있단다

—노동(勞動) : [명사] 사람이 생활에 필요한 물자를 얻기 위하여 육체적 노력이나 정신적 노력을 들이는 행위.
—근로(勤勞) : [명사] 부지런히 일함.

일할 로(勞)를 앞세운 '노동(勞動)'에 반하여, 부지런할 근(勤)을 앞세워 주종 간 종(從)의 헌신을 강제하려 한 의도된 명사 '근로(勤勞)'!
이 '근로'를 독려하고자 정한 3월 10일 근로 기념일이 36년 만에 5월 1일로 되돌려지긴 하였으나, 그로부터 30년이 더 지난 지금에도 '노동절' 아닌 '근로자의 날'로 불리고 있음이니

국가보안법에 버금가는 '근로기준법'이라는 노동 악법 개 목걸이로
나의 희생에 빨대 꽂아 배 채워온 너
비정규 저임금 등 각종 차별로 배때기 양껏 키워온 너

이제, '근로'는 너나 해라

위험한 컨베이어 벨트 위에 더 이상 나를 내몰지 말고
불안전한 난간으로 더 이상 나를 떠밀지 말고
휴식 없는 근로로 더 이상 나를 죽이지 마라

이제, '근로'는 부지런한 너나 해라
3D도 잔업 특근도 네가 다 하고
최저 임금도 열정 페이도 네가 다 가지라

이제, '근로'라는 개 목걸이는
네가 차든지
원 주인 개에게나 줘라

선호야, 봄날은 왔는데

정연수

영산홍 붉은 봄날 너의 피가 붉구나

코스피 3200 넘겼다는 포근한 뉴스와
점점 부킹이 어렵다는 골프장
백화점 명품관에 입장하려는 줄이 아지랑이보다 긴
붉은 봄날

중년 여인의 전화를 받았다
–무슨 시험에 안 왔다는 거죠?
학생 이름을 물었더니 선생이냐고 되묻는다

–선호는 죽었어요
–1주 전에 죽었어요

위로할 말은 코로나 마스크 속에 묻혔다
나는 저승사자처럼 선호의 학과 조교에게 소식을 전한다
봄풀보다 푸릇푸릇한 학생이 죽었는데 아무도 모른다
코로나 탓이다
학생이 공장에서 아르바이트하다 목숨을 잃었다
대면 수업이라면 캠퍼스에서 시험공부 했을 선호

선호의 얼굴을 본 적이 없다

코로나 탓이다
6주 동안 동영상으로만 내 얼굴을 보던 선호
나의 출석부에 이름만으로 존재하던 선호

그날 저녁 전태일의 일기 전문이 공개된다는 뉴스가 나왔다
태일이 공장을 견디었듯
공장에서 아르바이트하는 선호가 있다
고된 노동 후에 졸린 눈 비비며 동영상으로 공부하는 선호

코로나 탓이 아니다
아르바이트하듯 교양 강의에 나선 나는 안다
코로나가 끝나도
또 다른 선호가 공장에서 아르바이트하고 있을 것을

영산홍 붉은 봄날 너의 피가 붉구나
잊지 않을게, 선호야.

방아쇠수지

정연홍

딸깍,

손가락을 구부리는데 방아쇠 당기는 소리가 났다

내겐 권총 한 정이 있다

세상을 향해 장전하고 다닌다

오늘도 타공 작업으로 하루를 살았다

콘크리트에 구멍을 뚫는 일은

허공에 그림을 그리는 것과 같다

공간 속에 공간을 만들어 나간다

긴장한 손가락을 풀어주고

방아쇠를 당기면 딸깍, 소리가 난다

3번째 손가락

약지다

드릴을 오랫동안 눌러 얻은

무기라 한다

세상을 향해 방아쇠를 당기고 싶은 욕구가 만든

총

병원에선 수술하자 한다

장전만 해놓고 아직 쏘지 못한
권총에 대해 생각한다

* 방아쇠수지 : 손가락을 구부릴 때 총의 방아쇠를 당기는 듯한 저항감이 느껴지는 질환.

낙상(落傷) · 3

정원도

고장 난 기계를 치유하다가 성급한 하느님의 호출에 불려갔다 온 후 생긴 이상한 증세
그대는 반가운 인사를 건네는데 나는 전혀 낯설기만 한 당황을 감추다가 급기야는 탄로가 나 안절부절못하는데

내가 당연히 당신을 알아야 하는 사정과는 전혀 상관없는 뇌의 작동 불량이라니, 가슴 일렁이던 여인조차 몰라보는 현상이라니, 마침내 가 닿고 싶은 곳을 처음 만난 눈빛처럼 사로잡힐수록 낯설어지는 역설이라니

무성하던 나뭇잎이나 꽃들을 다 떠나보낸 겨울나무처럼 내가 그렇게 당신을 떠나보낸 순정이었을지도 몰라
지금 내가 그대를 기억하지 못하듯, 훗날 어느 별에서 다시 만난 그대가 나를 기억하지도 못할 것처럼

순둥순둥 거리의 성자(聖者)

— 콜텍 해고자 임재춘 형의 삶을 기억하며

조성웅

다른 삶을 낳지 못하는 투쟁은
얼마나 외로웠던가
얼마나 고통스러웠던가

분노로만 내어 지른 선동에는 파랑(波浪)이 일지 않았다

적과 타협하지 않았지만 쉰 쇳소리만 깊어갈 때
재춘 형을 만났다

어눌하고 조리도 없고 맘 급해지면 더듬거리기도 하던 말투를
난 용케도 처음부터 알아먹었다
인간다움의 온기를 유지하려는 삶의 항온성 같았다
유창하고 조리 있는 언어는 시나브로 비수가 되지만
그의 언어는
마음과 정성을 돌담처럼 쌓아
마침내 그 마음 한자리 얻게 하는
온기의 지혜였다

낯선 거리,
더 이상 무너지지 않겠다는 의지로 바닥과 바닥을 잇고

이었다
그렇게 재춘 형이 세운 삶의 바리케이드는 주방이었다
밥주걱은 기타를 만들었던 장인의 손에 쥐어진 투쟁 강령인지도 모른다
주방은 무대가 아니었기에 주목받지 못했지만
그의 유일한 관심사는 애틋하게 챙기는 일이었다

재춘 형이 차린 밥상은 둥글고 둥글어서
각진 모서리의 마음도 밥상의 온기를 닮아가고
불신의 응달도 순식간에 따뜻해졌다
찰진 밥알들은 투명했고
김이 모락모락 나는 밥 한 공기 같은
속 깊은 대화가 시작됐다

기타를 만들었던 장인의 손맛은 과연 남달라서
모두가 든든해졌다
노동자 민주주의가 구성되는 모든 종류의 미생물들이 살아 움직였다
이윤을 위해서는 아무것도 생산하지 않는
사랑과 우정과 연대의 감응 시스템,

한 번은 살아보고 싶은 세계가 태어났다

그는 바닥이었으나 이미 시였고
그는 바닥이었으나 이미 노래였고
그는 바닥이었으나 이미 묵화였고
그는 바닥이었으나 이미 영화였다

그는 바닥이었으나
지치고 병든 마음 부축해주는 파랑이었다
다시 설레게 하고 꿈꾸게 하는 파랑이었고 파랑이었다
치유로 직조된 창조의 파랑, 파랑이었다

순둥순둥 거리의 성자,
재춘 형을 만난 건 내 생이 치유되는 경이였다

오월은 소금꽃으로 피었습니다

조현옥

일신 방직 삼교대
철야 근무
밤새 졸리운 눈으로
미싱을 돌리면 아찔하게
여지없이 미싱 바늘은
손톱을 뚫고 드르륵 지나갔어
아차 하는 순간에는
고열 프레스에 손등은
화인을 찍고
우리는 부모를 잘못 만나
찢어지게 가난한
공순이로 산다는 것을
가장 감추고 싶었던 치부같이
백지장처럼 파리한 형광등
회색빛 공장의 높은 담벼락
그 불빛 따라서 더욱 쓸쓸해지는 밤
졸리운 눈이 또 다른
졸리운 눈을 서로 감겨주며
책가방 대신 짊어진 삶의 무게를
공장을 떠나는 꿈을 악몽처럼 매일
피로에 젖은 몸이 솜처럼 드러누우면

찢어질 듯한 작업반장의 연장 근무
추가 근무 독촉 소리가 이불 속까지 따라왔어
마땅히 기댈 곳도 없이 뾰족한 수도 없이
대물림하는 가난의 굴레 속에는
하얀 소금꽃이 무슨 버짐같이
아주 오랫 동안 피어났지

전태일은 어디에나 있다

채상근

평화시장 봉제 공장에도
청계천에도 전태일은 살아 있다
전태일은 택시에도 있다
전태일은 마트에도 있다
전태일은 호텔에도 있다
전태일은 학교 식당에도 있다
전태일은 기타 공장에도 있다
전태일은 엘리베이터에도 있다
전태일은 시멘트 공장에도 있다
전태일은 자동차 공장에도 있다
철도에도 지하철에도 전태일은 있다
공항에도 발전소에도 전태일은 있다
컨베이어 벨트에도 전태일은 있다

해고노동자는 전태일이다
하청노동자는 전태일이다
이주노동자는 전태일이다
배달노동자는 전태일이다
알바노동자는 전태일이다

유치원에도 전태일은 있다

학습지에도 전태일은 있다
소극장에도 전태일은 있다
병원에도 전태일은 있다
강남역 사거리 철탑에도
크레인 위에도 굴뚝에도 전태일은 있다
비정규직에도 근로기준법은 있다

전태일은 어디에나 있다

넷째 손가락

한영희

거친 발소리가 오고 있다
뜨거운 콧김을 창문에 부린다
머리가 희끗한 담쟁이와 눈이 마주쳤다
난관에 위태롭게 앉아 있는 땀방울들
벽을 움켜쥔 부르튼 손마디가 튕겨나가고
몸에서 웃음 근육이 빠져나간다

돌멩이가 주춤주춤 굴러간다
단단한 몸에도 멍이 드는 것인지
부딪히며 돌다 보면 동그라미를 그릴 수 있을까

공장이 큰 입을 다물고 불을 끈다
노동자들을 밀어 넣은 차들이 서둘러 떠나고
낡은 모서리 끝에서 맴도는 불안처럼
동생의 손바닥엔 기름때가 가득 차 있다

용수철이 닳아빠진 소모품은 버려져야 돼
빨아도 얼룩이 남는
속울음

비명을 지를 줄 모르는 키 작은 남자는
발끝에 힘을 모으고 걸었을 것이다

내 이름은 미등록 이주 노동자

함진원

일하다 보면 꽃피고 폭죽 땀 흘리면 여름 가고 낙엽이 바람 데리고 집으로 가면 살을 에이는 눈보라가 앞에 서 있다 붓꽃이 부르고 매미 울음 낭창낭창하던 날 친구는 프레스에 눌려 실려 가고 팔에 화상을 입은 나는 병원은 절대 못 갔었지

미등록 이주노동자 꼬리표는 아무것도 못 하게 한다 한국 친구가 대신 아프다고 말해준다는 걸 살래살래 도리도리 머리 흔들며 곪고 피부가 부풀어 올라도 법을 어기지 말라는 어머니 목소리.
내 팔에는 우물이 있어 고향 이야기가 꽃피고 미래를 약속한 희망이 자라고 있는.

벚꽃이 피고 지는지 바라볼 시간 없지만 화장실 가는 거라도 맘대로 해달라고 점심 시간 휴게 시간 주라고 밀린 월급 달라고 이렇게 살 수 없다고 우리도 사람이다 목소리 높이니 계속 시끄럽게 하면 내일부터 해고라고 불법체류자 미등록 이주 노동자 비정규직 꼬리가 길어질수록

가고 싶은 고향으로 꽃처럼 모여 사는 그날이 가깝다는 걸
환한 달 보며 쓸쓸한 일기를 쓰는 봄밤

| 평론 |

노동문학과 정치의식[1]

맹문재

1

2022년 10월 29일 이태원에서 일어난 참사는 2014년 4월 16일 전남 진도군 앞바다에서 침몰한 세월호 참사 못지않은 충격을 준다. 참사의 상황을 보면 세월호 참사는 여객선이라는 제한된 공간에서 일어난 것에 비해 10 · 29 참사[2]는 서울 한복판의 번화가 골목에서 일어났다는 점에서 차이가 난

1 『작가마당』, 2022년 하반기호(41호), 대전작가회의, 2022, 20~38쪽에 발표한 것을 다소 수정해서 다시 수록함.

2 MBC는 '이태원 참사'로 불리는 10월 29일 사고를 '10 · 29 참사'로 부르겠다고 밝혔는데, 이 글도 따른다. MBC는 "이태원이란 특정 지역의 이름을 참사와 연결지어 위험한 지역으로 낙인 찍는 부작용을 막고, 해당 지역 주민과 상인들에게 또 다른 고통과 피해가 발생하지 않도록 하자는 뜻"이라고 설명했다. "한국심리학회도 이런 명칭 변경을 제안한 바 있고, 과거에도 '진도 여객선 침몰'을 '세월호 참사'로, '뉴욕 쌍둥이빌딩 붕괴'를 '9 · 11 테러'로 바꿔 쓴 전례가 있다"고 말했다. 신고은, 「MBC "이태원 참사가 아니라 10 · 29 참사로 쓰겠다"」, 『신문고뉴스』, 2022년 11월 5일.

다. 사람들이 일상으로 다니는 그리 좁지도 않고 길지도 않은 장소에서 참사가 일어났다는 사실이 믿기지 않는 것이다.

참사 직전 112 신고 녹취록이 공개되면서 정부에 대한 책임이 분명해지고 있다. 핼러윈 축제에 10만 명 이상의 인파가 몰릴 것으로 예상했지만, 경찰은 통행 안내와 대비를 전혀 하지 않았다. 그런데도 정부는 참사를 대비할 수 없는 사고라고 회피하고 있다. 중앙재난안전대책본부 회의에서도 '참사'가 아니라 '사고'로, '희생자'가 아니라 '사망자'라는 용어를 쓸 것을 결정했다. 정부는 참사의 책임을 지고 희생자와 그의 가족들에게 진심으로 사과하는 것이 아니라 어떻게 해서라도 이 상황을 적당히 넘기고 책임으로부터 벗어나려고 하는 것이다.

이와 같은 모습은 10월 30일부터 11월 5일까지 국가 애도 기간을 선포하고도 경찰청이 유족은 물론 사회운동단체 등의 동향을 파악한 데서 볼 수 있다. 유족은 물론 국민에 대한 사과보다 정부를 비판하는 목소리를 억압하거나 회유해 잠재우려고 한 것이다. 또한 참사 당일 현장에 있던 참가자들 중에 몇 명을 범인으로 몰아 그들에게 책임을 떠넘기려는 꼼수도 시도하고 있다. 참사 현장의 시시티브이(CCTV)를 확보해 사고를 일으킨 사람을 찾아내겠다고 하는데, 상황의 본질을 의도적으로 왜곡시키는 것이다.

시민들의 112 신고에도 경찰이 제대로 조치하지 않은 것이 속속 드러나자 경찰청은 용산경찰서의 압수 수색에 들어갔다. 그렇지만 공정성이 확보되지 않은 셀프 수사인 데다가 경찰들에게 책임을 덮어씌우는 것이기에 꼬리 자르기에 불과하다. 국민의 생명과 안전을 지키지 못했고 후속 조치에서도 진정성을 보이지 않은 정부에 책임이 있는 것이다.

국민의 안전에 책임지지 않는 정부를 그대로 둘 수 없는 이유는 노동 정책에도 고스란히 나타나기 때문이다. 정부는 "대기업과 부유층에게 5년간 세금을 60조 2,000억 원이나 감면해주기로 했"[3]는데, 그 대가는 노동자 계층이 고스란히 떠안을 수밖에 없다. 금리를 계속 올려 가계 빚은 늘어나고, 물가가 올라 생활은 어렵고, 최저임금을 비롯한 임금 억제로 말미암아 생활고가 가중되고 있다. 복지 예산의 삭감으로 빈곤층이 더욱 어려워지고, 여성가족부의 폐지 공약에서 보듯이 여성에 대한 사회구조적 차별도 심화시키고 있다.

정부의 반노동 정책은 2022년 제20대 대통령 선거를 통해 노골화되고 있다. 대통령 선거에서 250만 명의 조합원을 가지고 있는 한국노총과 민주노총은 이재명 후보 지지를 선언했다. 노동단체가 특정 대통령 후보를 지지할 만큼 우리나라의 정치 문화가 발전했다고 볼 수 있지만, 결과는 그렇지 못했다. 노동자 수가 전체 인구수의 절반이 되는 현실에서도 양대 노총이 지지한 후보가 패배했다. 보수 언론과 검찰이 지지한 후보의 벽을 노동자들이 넘기 어렵다는 사실이 확인된 것이다.

양대 노총은 민영화와 규제 완화로 재벌과 자본에 유리하고 노동시간 유연화와 임금 삭감 등으로 노동자에게 불리한

3 『노동자 연대』, 2022년 11월 5일.

정책을 제시한 후보에 맞선 후보를 선택했는데도, 노동자들로부터 지지를 받지 못한 사실은 많은 시사점을 준다. 노총은 노조원으로부터는 물론 비회원인 일반 노동자로부터 신뢰를 얻지 못하고 있는 것이다. 실제로 택배 노동자, 대리운전자, 보험 설계사, 학습지 교사 등등은 양대 노총에 들어갈 자격이 없다. 특수 고용 노동자는 노동자가 아니라 1인 사업자로 취급되고 있기 때문에 고용보험에 가입할 수 없고, 산재 적용을 받기도 힘들고, 노동조합을 만들기가 어렵다. 하청 노동자 수도 계속 늘고 있다.

이와 같은 상황에서 민주노총은 전국노동자대회를 개최했다. 9만 명이나 모인 노동자들은 10 · 29 참사에 대한 책임을 촉구하며 윤석열 정부 심판론을 내걸었다. 중대재해를 처벌하고, 안전운임제를 실시하고, 건설안전특별법을 제정하고…… 이태원에서 시민들이 112에 신호를 보냈듯이 노동자들은 살고 싶다고 절규했지만 정부는 아무것도 들어주지 않았다고 비판한 것이다. 정부가 추진하고 있는 민영화와 공공기관의 정원 감축에 대해서도 마찬가지였다. 비정규직, 하청 노동자 등도 노조 활동을 할 수 있도록 하고, 노란봉투법으로 알려진 노조 쟁의행위로 인한 손해배상 청구를 제한하는 노조법 개정도 요구했다.[4] 노동자들이 그동안 소극적이었던 정치 투쟁에 다시 나선 것이다.

노동문학은 이와 같은 현실을 직시할 필요가 있다. 노동

---

4 박정연 기자, 「"노동자를 적으로 돌린 윤석열 정권 심판하자"…노동자 9만여 명 운집」, 『프레시안』, 2022년 11월 10일.

문학이 노동 현실이나 노동 문제를 극복하려는 의지를 추구한 문학이라는 개념을 다시금 새겨야 하는 것이다. 따라서 실제의 노동 상황이 이전 시대와는 매우 다르다는 것을, 예를 들어 대기업 및 정규직 노동자와 특수 고용 노동자 및 비정규직 노동자는 노동자라는 이름만 같을 뿐 신분이 다르다는 것을 인식해야 한다. 전체 노동자와 함께하는 정치 투쟁이 필요한 것이다.

2

당신이 가고 나서 비루해졌다

민중문학에서 민중이 슬슬 지워졌고
노동문학을 하던 이들이 교수가 되거나

평론가가 되어 노동문학을 더 지독하게
눈을 깔고 내려보다가 밀쳐두었다

사라진 건 없는데 사라진 민족문학은
한국문학이 되었다 이미 말로 일국을 이룬

통일문학이야 진즉에 사라져
세계문학이 되었다 국경 없는 욕망이 되어

일 년이면 팔백여 명이 죽어나가는
노동의 검은 눈빛 위에 오방색 감탕

신선로가 되었다 뜨겁지 않게 뜨거운
문학의 언어를 말아 삼키다가 간신히

당신을 보았다 새파란 불꽃이었다

— 박관서, 「채광석」 전문

위의 작품은 오늘의 한국 문단에서 노동문학이 어떠한 상황에 놓여 있는지를 여실하게 보여준다. 1980년대 말 소련을 비롯한 동구 사회주의가 무너지고 그 대신 미국의 포스트모더니즘 문화가 유행병처럼 유입되면서 "민중문학에서 민중이 슬슬 지워졌"다. 아울러 "노동문학을 하던 이들이 교수가 되거나//평론가가 되어 노동문학을 더 지독하게/눈을 깔고 내려보다가 밀쳐두"었다. 그 결과 노동문학은 한국 문단에서 관심 받지 못하고 있는 것이다.

노동문학은 민중문학이나 통일문학의 토대이자 공동체이다. 그렇기에 노동문학의 침체는 "사라진 건 없는데 사라진 민족문학"이 "한국문학이 되었"고, "통일문학이야 진즉에 사라져/세계문학이" 된 데서 볼 수 있듯이 그 이상의 손실을 가져왔다. 노동문학이 소멸하면 민중문학도 사라지고, 노동문학이 부활하면 민중문학도 되살아난다.

노동문학이 필요한 또 다른 이유는 "일 년이면 이천여 명이 죽어나가는/노동의 검은 눈빛"이 있기 때문이다. 몸을 써서 노동하다가 사망하거나 다치는 노동자들이 여전하므로 작가들이 그들과 함께하는 것은 당연한 책무이다. 그런데도 한국 문단은 급속히 보수화되고 이기적인 개인주의로 함몰되고 있다.

화자는 "채광석"을 그 거울로 삼고 지금의 노동문학이 처한 상황을 극복하고자 한다. 당신이 피운 "새파란 불꽃"을 한국 문단에 비추어 노동문학을 새롭게 일으키고자 하는 것이다. "채광석"은 민중적 민족문학론을 제기하며 1980년대의 시와 평론의 한 흐름을 이끌었다. 시집으로 『밧줄을 타며』, 평론집으로 『민족문학의 흐름』, 사회문화론집으로 『물길처럼 불길처럼』 등이 있다. 1975년 긴급조치 9호 위반으로 투옥되었고, 1980년 서울의 봄 이후 계엄령 · 포고령 위반으로 체포되어 모진 고문을 당했다. 자유실천문인협의회(현재의 한국작가회의)의 총무를 맡아 문학의 실천운동에 앞장섰다.

우리 사회에는 노동자가 분명 존재하고 있기에 노동문학이 침체되거나 박제화되어서는 안 된다. 노동자에게 불리하고 삶의 조건을 위협하는 상황이 엄연히 존재하고 있으므로 그들과 함께하는 자세가 필요하다. 노동문학의 범주를 넓히고, 주제를 심화시키고, 그리고 "만국의 노동자여 단결하라"[5]라는 정치의식을 가져야 하는 것이다.

3

배가 기우는 사이, 배는 막장을 기억했다

막장의 옆구리 어딘가 조금씩 무너지고 있었다
석탄 합리화가 아닌 자본의 합리화
광부들은 문 닫은 갱구 앞에서 잠시 주저앉았을 뿐
원망할 여유는 없었다

5 "WORKING MEN OF ALL COUNTRIES, UNITE!" Karl Marx and Frederick Engels, *Manifesto of the Communist Party*, New York : Verso, 1998, p.77.

살려주세요, 구조대는 오고 있는 거죠?
산 자의 마지막 인사는 핏물 든 꽃처럼 붉다

또 만나자며, 안산으로 부천으로 떠나고
터 잡았다고 폐광촌 동료 부르던 세월
안산의 함태탄광 동지는 함우회 만들고
안산의 강원탄광 동지는 강우회 만들고

안산 아이들 탄 배가 기우는 동안
막장은 바다에서도 가라앉기 시작했다

농촌에서 탄광촌으로, 폐광촌에서 공단으로
끝없는 유랑의 세월
바다에다 자식 묻기까지 끝없는 막장

막장은 막장이었다.

— 정연수, 「막장의 세월」 전문

2014년 4월 16일에 일어난 세월호 참사를 그린 위의 작품은 10 · 29 참사의 충격이 가시지 않은 상황이어서 다시금 눈길을 끈다. "살려주세요, 구조대는 오고 있는 거죠?"라는 "산 자의 마지막 인사는 핏물 든 꽃처럼 붉"기만 하다. 그런데 그 희생자가 다름 아니라 광부의 자식, 즉 노동자의 자식이라는 사실에 한층 더 가슴이 아프다. 1989년에 시행된 석탄합리화정책 이후 "막장의 옆구리 어딘가 조금씩 무너지고 있었다." 그것은 진정한 "석탄 합리화가 아"니라 "자본의 합리화"에 불과했기 때문이다. "광부들은 문 닫은 갱구 앞에서 잠시 주저앉았을 뿐/원망할 여유"조차 없었다.

석탄합리화정책으로 말미암아 광산촌은 급속하게 무너졌

다. 실업자의 처지가 된 광부들은 새로운 삶을 찾아 부랴부랴 "또 만나자며, 안산으로 부천으로 떠"났다. 미처 떠나지 못한 광부들은 "터 잡았다고 폐광촌 동료"가 부르는 데로 이사했다. 그리고 "안산의 함태탄광 동지는 함우회 만들고/안산의 강원탄광 동지는 강우회 만들"어 새로운 삶을 영위해 갔다.

그런데 2014년 세월호 참사로 말미암아 광부들은 또다시 무너졌다. "안산 아이들 탄 배가 기"울어 희생되었는데, 그들 중에 광부의 자식도 있었던 것이다. "농촌에서 탄광촌으로, 폐광촌에서 공단으로/끝없는 유랑의 세월"을 지내온 광부들이 "바다에다 자식 묻"은 것은 이루 말할 수 없는 비극이다. 그 앞에서 광부들은 "막장은 막장"일 수밖에 없다고 아파하고 절망한 것이다.

> 몇 년째 요양병원에 누워 있는 엄마는 내 손을 잡을 때마다 물어요 너는 도대체 무슨 일을 하길래 손이 이렇게 거치니? 어째 엄마보다 더하다 그럴 때마다 나는 없는 난간이라도 붙잡고 싶어요
>
> 웃음 띤 얼굴로 건네는 정겨운 악수들을 기억해요 하지만 악어 등가죽 같은 내 손과 닿는 순간 다들 움찔 움찔 놀라죠 사이버대학의 녹화부스에서 혼자 두 시간을 떠들어도 고속도로를 120킬로미터나 달려가 세 시간 동안 온몸으로 열변을 토해도 내 손은 따뜻해지지 않아요 어쩌다 가끔 내 차지로 돌아오는 오늘의 일터로 가기 위해선 히터를 틀고 달리는 차 안에서도 장갑을 껴야 하죠
>
> 오늘도 달리고 달리고 달리고 달리고 살리고 살리고 살리

고 살리고 돌아라 지구 열두 바퀴* 오각형에 S자가 새겨진 파란 티셔츠는 없지만 크고 억센 손은 나의 신분을 숨기기에 딱 좋은 차밍 포인트죠

어디 알바 쓰실 분 없나요? 지역 불문하고 시급은 묻지도 따지지도 않아요 불판 닦기, 화장실 청소, 소똥 치우기도 좋아요 혹시 꽃을 좋아하는 육우나 쥐잡기에 심드렁한 길고양이가 있다면 글짓기 수업도 가능하고요

출고된 지 9년 된 고물차는 벌써 지구를 다섯 바퀴째 돌고 있어요 그래도 나는 아직 더 달려야 해요 언제 교체될지 알 수는 없지만 스페어타이어는 항상 트렁크 밑에 있답니다

* 노라조, 「슈퍼맨」

— 휘민, 「시간제 노동자」 전문

위의 작품의 화자는 "시간제 노동자"로 살아가는 자신의 처지를 구체적으로 소개하고 있다. "사이버대학의 녹화부스에서 혼자 두 시간을 떠들"고 난 뒤 또 다른 일자리를 위해 "고속도로를 120킬로미터나 달려가 세 시간 동안 온몸으로 열변을 토"한다. 그뿐만 아니라 남는 시간에는 "어디 알바 쓰실 분 없나요? 지역 불문하고 시급은 묻지도 따지지도 않아요 불판 닦기, 화장실 청소, 소똥 치우기도 좋아요 혹시 꽃을 좋아하는 육우나 쥐잡기에 심드렁한 길고양이가 있다면 글짓기 수업도 가능하"다고 또 다른 일자리를 찾는다.

화자는 자신이 닥치는 대로 일하는 모습을 "오늘도 달리고 달리고 달리고 달리고 살리고 살리고 살리고 살리고 돌아라 지구 열두 바퀴"라고 가수 노라조의 노래 〈슈퍼맨〉을 인용해

서 나타내고 있다. 희화적인 표현을 통해 자신의 힘든 생활을 강조하는 것이다. 화자는 "출고된 지 9년 된 고물차는 벌써 지구를 다섯 바퀴째 돌고 있"는데, 그래도 "아직 더 달려야" 한다고 토로한다. 화자가 달려야 하는 이유는 무엇보다 의식주를 해결하기 위해서이다. 그것을 토대로 사랑이나 안전이나 소속감이나 명예나 자기실현에 대한 욕구를 충족시키려고 하는 것이다.

화자는 그것을 위해 달리느라 손이 거칠다. "몇 년째 요양병원에 누워 있는 엄마는 내 손을 잡을 때마다" "너는 도대체 무슨 일을 하길래 손이 이렇게 거치니?"라고 묻는다. 화자는 "어째 엄마보다 더하"냐는 질문을 받을 때마다 사실대로 대답하기가 어려워 "없는 난간이라도 붙잡고 싶"어진다. 다른 사람들과 악수하는 순간 상대방이 "움찔 움찔 놀라"는 모습을 볼 때도 마찬가지이다.

"시간제 노동자"는 노동 시간이나 노동의 지속성 차원에서 정규직 노동자가 아니라 비정규직 노동자이다. 통상 노동자의 노동 시간에 비해 짧으므로 임금과 근무 조건 등에서 차이가 크다. 비정규직 노동자의 등장은 우리나라가 국제통화기금(IMF)의 구제 금융을 받은 뒤부터 본격화되었다. 시장가치를 철저히 추구하는 신자유주의가 본격화되면서 사용주들은 이익 추구에 유리한 구조를 만들기 위해 비정규직 노동자를 양산한 것이다. 알바연대가 연간 근로 형태별 근로자 구성 추이 관련 통계청 자료를 이용해 공개한 것에 따르면 2022년 "8월 기준 시간제 노동자 수는 351만 2천 명으로 2012년 8월(182만 8천 명) 대비 92% 늘었다." 또한 "계절근로자

등을 지칭하는 한시적 노동자 수는 같은 기간 342만 7천 명에서 517만 1천 명으로 51%, 계약직 등 기간제 노동자 수는 272만 9천 명에서 453만 7천 명으로 66% 각각 증가했다."[6]

우리 사회의 발전과 통합을 위해서는 비정규직 노동자들의 처우 개선이 필요하다. 우리나라의 비정규직 노동자 수는 경제협력개발기구(OECD)의 평균에 비해 두 배나 높다. 따라서 비정규직 노동자의 생존권을 보호하는 대책이 우선 마련되어야 한다. 정규직 노동자의 미래가 비정규직 노동자라는 자조적인 말도 있듯이 지금의 비정규직 노동자의 문제는 궁극적으로 정규직 노동자의 문제이다. 신자유주의가 우리 사회를 지배할수록 비정규직 노동자의 상황이 중요한 문제가 될 수밖에 없다. 따라서 비정규직 노동자의 문제가 전체 노동자의 문제라는 점을 자각하고 연대 의식을 가지고 개선해 나아가야 하는 것이다.[7]

4

마산 수출자유지역으로
진주 상평공단으로
울산 석유화학단지로 떠나가고

호송이 따라 출가하고 싶었으나
자동차 하청 공장에 취직

---

6 설하은 기자, 「10년새 시간제노동자 2배로…근로기준법 전면 적용해야」, 『연합뉴스』, 2022년 9월 29일.

7 맹문재, 「비정규직 시대의 노동시」, 『시와 정치』, 푸른사상, 2022, 218쪽.

중고차 사고 집사람 만나 살림을 시작했고
사십 넘어 운동판에 뛰어들어 머리띠 둘렀고

구호를 외치다가
빨갱이로 몰려
쫓겨나고

내게 공장은 집사람 만나게 해준 은인
늦은 나이 대학원까지 가게 해준 고마운 놈
빨갱이 소리까지 듣게 해준 원수 같은 놈

공장은 자본주의 세상을 찍어내는 공장
일률적인 모양을 대량으로 생산
기계적인 세상을 만들어 가는 공장

자본의 각진 모양을 거부하면
고문관이라 손가락질하는 공장
감시의 눈초리를 모른 척 눈감아야 했던 공장

동기들이 출근하는 정문
복직을 외쳐야 하는 공장
돌아갈 수 있으리라 꿈꾸는 공장
지긋지긋한 공장
그래도 그리운 공장

인간을 찍어내는 지구라는 공장
신이라는 공장장이 떡 하니 버티고 있는
공장

— 정연홍, 「그래도 그리운 공장」 전문

위의 작품의 화자는 공장노동자로 성실하게 살아왔는데, "사십 넘어 운동판에 뛰어들어 머리띠"를 둘렀다. 회사의 불평등한 구조와 제도를 알게 되어 개선하려고 나선 것이었다. 그렇지만 자본의 가치를 이념처럼 섬기는 회사는 화자의 요구를 수용하지 않았을 뿐만 아니라 끝내 화자를 해고시켰다. 결국 화자는 "구호를 외치다가/빨갱이로 몰려/쫓겨"난 신세가 된 것이었다.

화자는 동료들이 출근하는 정문에 서서 "복직을 외"치면서 그동안 함께해온 공장을 생각해본다. 공장은 "집사람 만나게 해준 은인"이었고, "늦은 나이 대학원까지 가게 해준 고마운 놈"이었다. 의식주 해결을 마련해주었을 뿐만 아니라 자아의 실현에도 도움을 준 것이다. 하지만 다른 한편으로 공장은 "빨갱이 소리까지 듣게 해준 원수 같은 놈"이었다. "자본주의 세상을 찍어내는" 존재, 다시 말해 "일률적인 모양을 대량으로 생산"해서 시장에 파는 장사꾼이었다.

그런데도 화자는 공장을 떠나지 못한다. "자본의 각진 모양을 거부하면/고문관이라 손가락질하"며 모욕을 주는데도 자신과 뗄 수 없는 운명이라고 여긴다. 지긋지긋하다고 불평을 터뜨리면서도 공장을 그리워하고, 다시 돌아갈 수 있기를 간절하게 바라는 것이다. 화자가 공장에서 떠나지 못하는 이유는 그곳이 그에게는 삶의 전부였기 때문이다. 화자에게 공장은 삶을 이끄는 힘이었고 거울이었고 주소였고 명함이었다. 화자는 공장의 정보를 믿었고 기술을 배웠고 규범을 따랐다. 따라서 화자는 공장을 떠나기보다는 공장에서 자신이 추구하는 이상 세계를 실현하고자 하는 것이다.

화자가 공장으로 되돌아가고자 하는 것은 곧 전태일의 자세이다. 전태일은 노동자의 어둠 속에서 빛을 보았고, 차별 속에서 노동자의 연대와 그 필요성을 깨달았다. 그리하여 자신의 차비를 아껴 어린 여공들에게 풀빵을 사주었고, 노동자들에게 노예 의식을 버리도록 이끌었다. 그 일은 결코 쉽게 이룰 수 있는 것이 아니어서 고통스럽고 좌절하기도 했지만, 그는 포기하지 않고 실행에 옮겼다. 자신을 불사르며 "우리는 기계가 아니다!/근로기준법을 지켜라!"라고 외친 것이다. 그의 목소리는 "영원히 꺼지지 않는 인간해방의 불꽃"으로 피어 "오늘도 절규하며 싸우는 이름 없는 전사들 곁에"(송경동, 「전태일은 살아 있다」)[8] 있다. 해고 노동자도, 하청 노동자도, 이주 노동자도, 배달 노동자도, 알바 노동자도 전태일로 살아가는 것이다.[9]

이와 같은 모습은 성희직 시인이 "우리는 산업폐기물이 아니다"(「우리는 산업폐기물이 아니다」)[10]라고 외치는 데서도 확인된

8 전문은 다음과 같다. "신문팔이… 구두닦이… 시다…/미싱사… 재단사… 건설일용공…//그 그늘 속에서 인간의 빛을 본 청년!/고통과 차별 속에서 정의와 연대의 소중함을 배운 청년!/자신의 차비를 덜어/어린 시다들에게 풀빵을 사 먹이던 따뜻한 청년!/억압받는 이들이 노예의식을 버리고/자유인으로 조직되어야 한다던 청년!/똑똑하고 약은 인간이 되기를 거부하고/'바보회'와 '삼동회'를 만든 청년!/나를 죽이고 나를 버리며 가마/스물두 살, 자신의 몸을 불사른 청년!/우리는 기계가 아니다!/근로기준법을 지켜라!/내 죽음을 헛되이 하지 말라!/영원히 꺼지지 않는 인간해방의 불꽃/청년 전태일은 살아 있다/높고 고귀한 이름으로 어느 기념관에 서 있지 않고/피압박 인민들의 고단한 삶의 곁에 이름 없이/오늘도 절규하며 싸우는 이름 없는 전사들 곁에/소리 없이"

9 채상근의 「전태일은 어디에나 있다」 참조.

10 나머지 내용은 다음과 같다. "한때는 밥이 되어준 탄광 막장에서/또다시 세상의 벼랑 끝으로 내몰린 진폐환자들/가래 끓는 목소리로 핏빛 분노를 토해낸다/"우리는 산업폐기물이 아니다!"//광화문에서 태백으로 이어진 갱목시위/한 손엔 연탄을 다른 손엔 삽이나 곡괭이를 들고/

다. 광부는 지하 수백 미터의 땅속으로 들어가 작업하는 극한 직업의 노동자이다. 작업 도중 갱도가 무너져 목숨을 잃는 경우도 많고, 사고를 당하지 않은 광부도 대부분 진폐증으로 고통을 겪고 있다. 광부들은 열악하기 그지없는 노동조건을 딛고 우리나라의 산업 발전에 필요한 에너지를 제공했다. 그런데 그들은 정부로부터 산업폐기물로 취급당하고 있다. 성희직 시인은 그에 맞서 사북에서도 광화문에서도 갱목 시위를 하며 투쟁하고 있는 것이다.

이와 같은 투쟁 방식이 디지털화된 자본주의 체제에 적합하지 않을지 모르지만, 무시되거나 폄하되어서는 안 된다. 무엇보다 "캄캄한 발전소 지하에서,/버터 냄새 진동하는 빵 반죽 기계 속에서,/추락하는 공사 현장에서,/헛도는 오토바이 바퀴 밑에 깔려서"(김림, 「지워지는 이름」) 노동자들이 목숨을 잃고 있기 때문이다. "컨베이어 벨트에 목이 끼여 사망/프레스에 몸이 눌려 사망/유압기 수리 중 기계에 끼여 사망/추락 방지용 밸트에 감겨 사망"(박이정, 「폭설」)하기 때문이다. "홀로 작업하던 그녀"가 "샌드위치 소스 배합기에 끼여 목숨을 잃"(이문복, 「그녀는 결국 파이팅할 수 없었다」)기도 한다. 따라서

투쟁 대열 선두에선 저들은 누구이던가/막장에서 날마다 저승사자와 싸워온/불굴의 산업전사 진짜 광부가 아니던가//힘 있는 사람들 똑똑하고 잘난 사람들은/하루 세끼 밥으로도 모자라/뇌물에다 부정부패 배가 터지도록 챙겨 먹는데/살길을 찾겠다며 도리어 밥숟가락 놓아버린 사람들/사즉생(死卽生)의 눈동자엔 불덩이가 일렁인다//찰거머리처럼 달라붙은 오랜 가난과 절망을/끝장내기 위한 단식투쟁이다/릴레이 단식투쟁에 동참한 천막 안 진폐재해자들/고생한 세월 힘든 노동에 주름 깊은 얼굴이지만/"사생결단!" 구호를 외치며 희망을 키워간다."

"부당한 노동 현실에 맞선 투쟁과 연대는 우리의 사명"(김채운, 「분노는 불꽃보다 뜨겁다–윤창열 노동열사를 위하여」)이라는 목소리는 시인의 본분과 역할을 일깨워준다.

노동문학이 소멸했다고 자괴감을 가져서는 안 된다. 그 대신 "내 작업들을 돌이켜보건대 내가 맥없는 책들을 쓰고, 현란한 구절이나 의미 없는 문장이나 장식적인 형용사나 허튼소리에 현혹되었을 때는 어김없이 '정치적' 목적이 결여되어 있던 때였다."[11]라는 조지 오웰의 말을 다시금 새길 필요가 있다. 우리가 살아가는 자본주의 체제는 근본적인 모순을 안고 있다. 개인의 분투로는 감당할 수 없는 불평등이 지배하고 있는 것이다. 따라서 노동자와 연대해 인간답게 살아갈 수 있는 세계를 만들어가는 시인들의 정치의식이 요구된다.

11 조지 오웰, 『나는 왜 쓰는가』, 이한중 역, 한겨레출판, 2010, 300쪽.

| 시인들 소개 |

강민숙 1992년 『문학과 의식』으로 작품 활동 시작. 시집으로 『노을 속에 당신을 묻고』 『꽃은 바람을 탓하지 않는다』 있음.

강태승 2014년 『문예바다』로 작품 활동 시작. 시집으로 『칼의 노래』 『격렬한 대화』 『울음의 기원』 있음.

공광규 1986년 『동서문학』로 작품 활동 시작. 시집 『담장을 허물다』 『금강산』 등 있음.

김광렬 1988년 『창작과비평』으로 작품 활동 시작. 시집으로 『가을의 詩』 『풀잎들의 부리』 『그리움에는 바퀴가 달려 있다』 『모래 마을에서』 『내일은 무지개』 『존재의 집』 등 있음.

김려원 2017년 진주가을문예 시 당선. 시집으로 『천년에 아흔아홉 번』 있음.

김 림 2014년 『시와문화』로 작품 활동 시작. 시집으로 『꽃은 말고 뿌리를 다오』 『미시령』 있음.

김옥숙 2003년 『매일신문』 신춘문예 시 당선, 2003년 전태일문학상 소설 당선. 장편소설 『식당 사장 장만호』 『흉터의 꽃』

『서울대 나라의 헬리콥터맘 마순영씨』, 시집으로 『새의 식사』 있음.

김 완 2009년 『시와시학』으로 작품 활동 시작. 시집으로 『그리운 풍경에는 원근법이 없다』 『너덜겅 편지』 『바닷속에는 별들이 산다』 있음.

김용아 5월문학상을 수상. 2017년 『월간 시』로 작품 활동 시작. 시집으로 『헬리패드에 서서』 있음.

김윤환 1989년 『실천문학』으로 작품 활동 시작. 시집으로 『이름의 풍장』 『내가 누군가를 지우는 동안』 등 있음.

김이하 1989년 『동양문학』으로 작품 활동 시작. 시집으로 『눈물에 금이 갔다』 『그냥, 그래』 『목을 꺾어 슬픔을 죽이다』 있음.

김정원 2001년 『녹색평론』에 시, 2016년 『어린이문학』에 동시를 발표하며 작품 활동 시작. 시집으로 『아득한 집』 등, 동시집으로 『꽃길』 있음.

김채운 2010년 『시에』로 작품 활동 시작. 시집으로 『활어』 『너머』 『채운』 등 있음.

김흥기 1984년 동인 시집 『내 사랑 이 땅에서』으로 작품 활동 시작. 시집으로 『첫눈이 내게 왔을 때』 있음.

김희정 2002년 『충청일보』 신춘문예 당선. 시집으로 『백년이 지나도 소리는 여전하다』『아고라』『아들아, 딸아 아빠는 말이야』『유목의 피』『시서화는 한 몸』『몸의 이름들』『허풍처럼』『서사시 골령골』, 산문집으로 『십 원짜리 분노』『김희정 시인의 시 익는 빵집』 있음.

나종영 1981년 창작과비평사 13인 신작시집 『우리들의 그리움은』으로 작품 활동 시작. 시집으로 『끝끝내 너는』『나는 상처를 사랑했네』 등 있음.

맹문재 1991년 『문학정신』으로 작품 활동 시작. 시론 및 비평집으로 『한국 민중시 문학사』『만인보의 시학』『여성성의 시론』『시와 정치』『현대시의 가족애』 등 있음.

박관서 1996년 『삶 사회 그리고 문학』으로 작품 활동 시작. 시집으로 『철도원 일기』『광주의 푸가』 등 있음.

박미경 2005년 『시평』으로 작품 활동 시작. 시집으로 『슬픔이 있는 모서리』『이별의 매뉴얼』『이따금 푸른 기별』 등 있음.

박설희 2003년 『실천문학』으로 작품 활동 시작. 시집으로 『쪽문으로 드나드는 구름』『꽃은 바퀴다』『가슴을 재다』, 산문집으로 『틈이 있기에 숨결이 나부낀다』 있음.

박이정 2006년 『다층』으로 작품 활동 시작. 시집으로 『나비를 이루는 말들』 있음.

봉윤숙 2015년 『강원일보』 신춘문예 당선. 시집으로 『꽃 앞의 계절』 있음.

성희직 1991년 시집 『광부의 하늘』로 작품 활동 시작. 시집으로 『그대 가슴에 장미꽃 한 송이를』 『광부의 하늘이 무너졌다』 있음.

유국환 2020년 5 · 18 신인문학상 수상. 『푸른사상』으로 작품 활동 시작. 시집으로 『고요한 세계』 있음.

유순예 2007년 『시선』으로 작품 활동 시작. 시집으로 『나비, 다녀가시다』 『호박꽃 엄마』 『속삭거려도 다 알아』 있음.

유 종 2005년 『작가』 및 『시평』으로 작품 활동 시작. 시집으로 『푸른 독을 품는 시간』 있음.

윤기묵 2004년 『시평』으로 작품 활동 시작. 시집으로 『역사를 외다』 『외로운 사람은 착하다』 『촛불 하나가 등대처럼』 있음.

윤석홍 1987년 『분단시대』로 작품 활동 시작. 시집으로 『저무는 산은 아름답다』 『북위 36도, 포항』, 산문집으로 『길, 경북을 걷다』 『지구별이 아프다』 등 있음.

이문복 1994년 『충남교사문학』으로 작품 활동 시작. 시집으로 『사랑의 마키아벨리즘』 있음.

이애리 2003년 『강원작가』로 작품 활동 시작. 시집으로 『하슬라역』 『동해 소금길』 『무릉별유천지 사람들』 있음.

이은래 2018년 『푸른사상』으로 작품 활동 시작. 시집으로 『늦게나마 고마웠습니다』 있음.

이인호 2015년 『주변인과 문학』으로 작품 활동 시작. 시집으로 『불가능을 검색한다』 『이별 후에 동네 한 바퀴』 있음.

이정록 1993년 『동아일보』 신춘문예 시 당선. 시집으로 『그럴 때가 있다』 『동심언어사전』 『눈에 넣어도 아프지 않은 것들의 목록』 『아버지 학교』 『어머니 학교』 『정말』 『의자』 등 있음.

임 윤 2007년 『시평』으로 작품 활동 시작. 시집으로 『레닌공원이 어둠을 껴입으면』 등 있음.

정세훈 1955년 충남 홍성 출생. 1989년 『노동해방문학』으로 작품 활동 시작. 시집으로 『맑은 하늘을 보면』 『부평 4공단 여공』 『몸의 중심』 『동면』 등 있음.

정소슬 2004년 『주변인과 시』로 작품 활동 시작. 시집 『내 속에 너를 가두고』 등 있음.

정연수 2012년 『다층』으로 작품 활동 시작. 시집으로 『여기가 막장이다』 『한국탄광시전집』 있음.

정연홍 2005년 『시와시학』으로 작품 활동 시작. 시집 『코르크 왕국』 등 있음.

정원도 1985년 『시인』으로 작품 활동 시작. 시집으로 『그리운 흙』 『귀뚜라미 생포작전』 『마부』 『말들도 할 말이 많았다』 등 있음.

조성웅 시집으로 『절망하기에도 지친 시간 속에 길이 있다』 『물으면서 전진한다』 『식물성 투쟁의지』 『중심은 비어 있었다』 있음.

조현옥 1993년 『문학공간』으로 작품 활동 시작. 시집으로 『일본군 위안부의 눈물』 『금강의 노을』 있음.

채상근 1985년 『시인』으로 작품 활동 시작. 시집으로 『다음 열차를 기다리는 사람들』 『거기 서 있는 사람 누구요』 『사람이나 꽃이나』 있음.

한영희 2014년 농촌문학상 수상. 2018년 『투데이신문』 직장인 신춘문예 당선. 시집으로 『풀이라서 다행이다』 있음.

함진원 1995년 『무등일보』 신춘문예 당선. 시집으로 『인적 드문 숲길은 시작되었네』 『푸성귀 한 잎 집으로 가고 있다』 『눈 맑은 낙타를 만났다』 있음.

후원위원

김무경 김민배 김 완 김용석 김용희 김윤삼 김윤환 김장훈 김주표 김태열 김학영 류미아 류 민 맹문재 민경환 박관서 박광호 박상옥 박영하 박용호 박재학 박 철 박필성 박형선 서은미 손수희 송계숙 송승아 송승호 신재영 양동진 연창호 오세훈 옥 빈 유종국 이모영 이문복 이상찬 이정만 이탁렬 임휘용 장남길 장순열 장우원 장은미 전상준 정원도 정한준 조기봉 조두만 조미영 조응현 최명진 최해은 홍대춘 무명 1